신데렐라와
피노키오

소중한 마음을 담아…

_____ 님께

_____ 드림

_____ 년 월 일

신데렐라와 피노키오

초판 1쇄 인쇄	2014년 03월 24일
초판 1쇄 발행	2014년 03월 31일

지은이	한 그 림
그린이	민 혜 민
펴낸이	손 형 국
펴낸곳	(주)북랩
출판등록	2004. 12. 1(제2012-000051호)
주소	153-786 서울시 금천구 가산디지털 1로 168,
	우림라이온스밸리 B동 B113, 114호
홈페이지	www.book.co.kr
전화번호	(02)2026-5777
팩스	(02)2026-5747
ISBN	979-11-5585-194-4 03810(종이책)
	979-11-5585-195-1 05810(전자책)

이 도서의 국립중앙도서관 출판시도서목록(CIP)은 서지정보유통지원시스템 홈페이지(http://seoji.nl.go.kr)와
국가자료공동목록시스템(http://www.nl.go.kr/kolisnet)에서 이용하실 수 있습니다.
(CIP제어번호 : 2014009683)

신데렐라와
피노키오

글 한그림
그림 민혜민

book Lab

세 번째 시마에 끌려

어느덧 세 번째 시집의 집필. 누가 알았을까, 내가 시집을 세 권이나 이 세상에 뿌릴 줄…. 2010년 첫 번째 책 『사랑하는 사람이랑』, 2012년 두 번째 책 『슬픔에 웃고 기쁨에 울다』, 그리고 2014년 봄에 세 번째 감성시집 『신데렐라와 피노키오』를 맞이한다. 마치 일부러 그런 것처럼 1년하고도 8개월이 지날 때마다 새 책이 태어났다. 돌이켜 보면 그 사이 참 많은 일들이 있었다. 하던 일이 바뀌고, 하던 공부가 바뀌고, 또 새로운 사람들을 만나고 헤어지고…. 변하지 않는 사이에 나도 모르게 많은 것들이 변했다.

현직現職이 수학강사인 만큼 숫자 얘기를 하련다. 많은 숫자들에 의미가 있지만 '3'이라는 숫자는 유독 그 의미가 깊다. 점이 세 개일 때부터 다각형을 그릴 수 있고, 우리가 사는 세상世上은 3차원이다. 처음·중간·마지막을 포함하기에 전체全體를 나타내고, 시간時間은 과거過去·현재現在·미래未來로 나뉜다. 공간空間은 좌우左右 혹은 전후前後 사이에 중심中心이 생긴다. 우리는 만세萬歲를 세 번씩 외치고, 화살이 세 개 겹치면 부러지지 않는다. 잘못을 했을 때에는 첫 번째는 몰라서 용납하고, 두 번째는 실수라 용서를 하지만, 세 번째에는 관대하지 못하다. 올림픽은 3등까지 메달을 주고, 이 세상은 땅·하늘·바다로 이루어진다. 그뿐이랴? 삼위일체三位一體, 예수님을 세 번 부인한 베드로, 사흘 만에 부활하신 예수님…. 이것저것 갖다 붙이면 사실 끝도 없다. 쉽게 말해 그만큼 의미 있고 강한 숫자라는 말이다(3월에 출간하는 세 번째 책이다). 그래서 이 책이 기존 두 책과 더불어 힘을 더했으면 하는 바람이다.

대학원 수업을 들으면서 교수님들께서 하신 말씀들이 기억난다. 어느 한 분은 '시詩는 시시한 것', 또 한 분은 '시는 완전한 허구虛構', 그리고 다른 한 분은 '시는 시마詩魔에 사로잡혀 쓰는 것'이라 하셨다. 아, 나는 도대체 뭐가 좋다고 이 시시하고 거짓인 글들을 시마에 사로잡혀 쓰고 있었던가. 그것도 세 번째 집필이니, 이제는 어쩌다 썼다고 발뺌할 수도 없다. 물론 진짜 시인이라 불리는 이들이 보기엔 한없이 모자라고 딸리는 낙서 같은 글들일지 몰라도, 어찌 됐든 내게서 난 것들이니 나라도 아끼고 사랑하지 않을 수 없다.

그럼에도 좋아해 주는 분들이 있음에 감사할 따름이다. 기다려 주는 분들이 있음에 고마울 따름이다. 다음 네 번째 책을 낼지 말지, 앞으로 이런 사랑시를 더 쓸지 말지 확실하게 말하기가 어렵다. 심심할 때마다 끼적이다가 어느 정도 모이고 여유 좀 되면 내겠고, 아니면 말겠지. 가뜩이나 바쁜 와중에 세 번째 책 준비하느라 힘들었는데 벌써부터 그런 고민할 필요는 없을 것 같다. 다만 부족하고 미흡한 글 따위라도 읽어 주시는 모든 분들에게 크건 작건 사랑에 대한 위로慰勞와 평안平安이 넘치길 바랄 뿐이다. 시를 쓰면서 이런저런 장난들을 많이 숨겨놓았다. 사실 첫 번째, 두 번째 시집도 그렇지만 이번 권이 그 빈도頻度가 더 높다. 대부분이 지인知人들을 위한 것이지만 필자筆者를 잘 모르는 독자讀者들이 찾아봐도 재밌을 것 같다.

끝으로 함께 사는 가족들, 친애親愛하는 친구들과 선·후배들, 애쓰시는 교회·학원 선생님들, 존경尊敬하는 교수님들과 은사님들, 애지중지愛之重之하는 제자들, 기도해 주시는 지윤 씨(결혼 축하해요), 너무나도 예쁜 그림 그려 준 혜민이에게 고맙고, 미안하고, 또 사랑한다 말한다.

2014년 봄, 꽃샘추위에 움츠러드는 밤에
졸린 눈을 비비며 지은이 씀.

5

차례

첫 번째 이야기

땅의 말

하고픈 말들이 쌓이고 쌓였네요.
오늘은 모든 걸 다 잊고
밤새 아름다운 이야기들을 나누어요.

사랑이여, 어서 오세요

사랑이여, 어서 오세요!
왜 이리 더디게 오셨는지요?
여기저기 헤매다 늦으셨나요,
제게로 오는 순간들을 즐기려
천천히 걸어오셨나요?

이별은 한참 전에 떠나고
아쉬움과 그리움도 얼마 전에 갔어요.
방금까지 함께 있던 기다림도
당신이 오시기 직전에 막 헤어졌답니다.

설렘과 바람을 데리고 오셨군요!
다들 어서 안으로 들어오세요.
얼른 따뜻한 차와 과자를 준비할게요.
가장 편안한 자리에 앉아 계세요.

하고픈 말들이 쌓이고 쌓였네요.
오늘은 모든 걸 다 잊고
밤새 아름다운 이야기들을 나누어요.
사랑이여, 어서 오세요!

랑그와 빠롤

똑같은 말을
너는 웃으면서
나는 울면서 했다.

똑같은 말을
너는 아무렇지 않게
나는 사무치게 들었고,

똑같은 말을
너는 무덤덤하게 뱉으면
나는 떨면서 삼킨다.

같은 시간에 머물고
같은 공간에 살아도,
또 같은 말들을 나눈다 해도 무엇하랴?

서로의 마음이 다르면
태초의 시작만큼이나 아득하고,
별들의 거리만큼이나 까마득한 것을.

한 사람을 위한 꽃과 별

난 너에게
이 세상의 모든 아름다운 꽃말을 담은
향기로운 꽃이고 싶다.

난 또 너에게
이 세상의 모든 감미로운 이야기를 담은
따사로운 별이고 싶다.

그리고 넌 나에게
가장 예쁜 꽃이고
가장 빛나는 별이다.

연애 처음

민첩하게 알람을 끄고 자리에서 일어납니다.
곧장 세수를 하고 머리를 감고 나옵니다.
머리를 말리고 얼굴에 스킨과 로션을 바릅니다.
어젯밤에 미리 골라둔 옷을 입고 거울을 봅니다.
휴대전화와 지갑을 챙기고 약속 장소로 향합니다.
한 시간 일찍 나와 당신과 함께할 곳을 둘러봅니다.
무엇을 먹을까, 무엇을 할까?
내겐 너무도 행복한 고민입니다.

지금쯤 당신도 나를 만날 준비를 하겠지요?
조금 늦어져도 나는 개의치 않습니다.
그만큼 당신은 더 아름답게 꾸밀 테니까요.
지금쯤 당신도 나를 만나러 오고 있겠지요?

인생人生도 연정戀情도 한바탕 꿈

사랑하다 눈떠보니 이별이구나.

이별하고 잠들려니 사랑이구나.

아침, 저녁으로
뜨고 지는 사랑이라니.

너를 사랑하는 순간에 깨어 있다면
나는 잠들지 않으련다.

너를 사랑하는 순간이 꿈속이라면
나는 영원히 잠들련다.

떠들다보니까

커피가 식었다.
방금까지도 뜨거워서
손을 녹이고 있었는데
금방 식어 버렸다.

얼마 안 남은 커피를
입에 털어 넣는다.
차갑게 식어 버렸지만
맛은 여전히 달고 쓰다.

나만 아는 동화

동화 속에 나오는 공주들 있잖아.
잠자는 숲속의 미녀, 백설공주, 신데렐라,
미녀와 야수의 미녀, 인어공주, 라푼젤,
백조왕자의 엘리제, 엄지공주, 엘사와 안나.

얘들은 참 예쁘고 착해.
그리고 또 사랑스럽지.
마치 너처럼….

너는 어느 동화에 나오는 공주니?

보고 싶긴 한데

정류장에서 예쁜 아가씨와 버스를 기다릴 때,
같은 버스에 올라 비어있는 자리에 붙어 앉을 때,
괜히 신경이 쓰이고 긴장되는 거 있지.

다른 사람을 봐도 이렇게 느끼는데
너를 마주한다면 그건 너무나 벅찬 일일 거야!
심장이 마구마구 뛰고 가슴이 자꾸자꾸 떨리겠지.
어떻게 말을 꺼낼지, 무슨 말을 건넬지
머리로는 생각을 해도 입술은 말하지 못할 거야.

영화를 봐도 어떤 이야기인지 모를 거고,
밥을 먹어도 무슨 맛인지 알 게 뭐야.
세상에서 가장 예쁜 너와 함께라는 건
단언컨대 가장 행복하고 무시무시한 일이라고!

내가 그대를

그대여,
내가 그대를 사랑해도 되겠습니까?
마음의 허락을 받는다는 것이 우스울지라도
내 혼자만의 이기심을 눈감아 주겠습니까?

그대여,
나는 그대에게 무엇을 바라는 것이 아닙니다.
내 마음에 대한 대가나 보답도,
심지어 작은 표현도 원하지 않습니다.
그저 그대를 사랑해도 된다는
작은 허락만을 구할 뿐입니다.

그대여,
나를 모른다고, 아니면 내가 싫다고
그렇게 말한다 해도 원망하지 않습니다.
단지 나 홀로 아파하며 안고 가는 마음이라 해도,
이 길의 끝이 허무하고 상처뿐인 미래라 하여도,
나는 지금 이 고통이 즐겁기만 합니다.

그대여,
나는 그대를 내 가슴에 품고
헛된 욕망의 상상도 하지 않겠습니다.
얼마나 많은 시간이 지나야 가라앉을지,
어떤 새로운 사람을 품어야 잊을지 모르지만,
그래도 지금만큼은
내가 그대를 사랑해도 되겠습니까?

고양이

비바람이 몰아치는 밤
작은 침대에 누워 잠을 청한다.
창밖으로 고양이 울음소리가 들린다.

애야, 울지 마라.
비가 내려서 우는 거니?
바람이 세차서 우는 거니?
내가 울어서 우는 거니?

두 번째 이야기

하늘의 글

내 맘에 꽃잎과 비가 같이 내리는 날,
당신도 알게 되겠지요.
당신으로 인해 마르지 않을 내 사랑을.

아이스크림

이맘때쯤 떠오른다.
설렘이 촉촉이 젖어든 날,
누가 말릴 수 있었으랴?
머리엔 팡파르가 울리고
가슴으로 브라보를 외쳤던….

다시 내게 와 주려나.
쌍쌍이 거니는 연인들과
함께하는 짝들 볼 때마다,
구구이 말하지 못할 만큼
한 달에 31일은 그립다.

은연중에 불러 본다.
바닐라처럼 부드럽고
초콜릿처럼 달콤했지만,
내 입술에 그리도 차갑던
보석 같은 네 이름을….

쉬운 게 아닌데

능력도 좋다.
이 사람, 저 사람 다 만나러 다니고,
이렇게 꼬시고 저렇게 꼬셔서
어장관리 참 잘도 하는구나.

사람이
요리가 아닌데 간을 보고,
사람이
문이 아닌데 밀고 당기고.

나는 잘나지 않아서
사람들 물고기 취급하며
미끼 던지는 일은 못 하겠고,

그냥 작은 어항 속에
예쁜 물고기 한 마리
헤엄치고 노니는 거 바라보련다.

워워_이런 변신

누군가는 바보가 되고,
바보가 바보 아니게 되고.

사랑은 어떻게든
사람을 변하게 하는구나.

이런 변신 같은 사랑!

하루에도

누군가 태어난 날
누구는 죽게 되고,

누군가 돈을 벌면
누구는 돈을 잃고,

누군가 기뻐하면
누구는 슬퍼하고,

누군가 즐거우면
누구는 괴롭고,

누군가 사랑하면
누구는 이별하고.

누구니?
내 덕에 행복한 사람은?

고백하는 날

당신을 처음 만난 날은 기억해도
언제부터 당신을 사랑하게 됐는지 기억나지 않아요.
사랑은 나 몰래 내 맘속에 파고들었죠.

갑작스러운 굵은 빗줄기를 맞듯이 젖어들 줄 알았는데
나도 모르는 사이 가는 가랑비를 맞다가 흠뻑 젖어 버렸네요.

사실 그게 뭐 중요하겠어요.
어떤 사랑의 비든
오래 머물면 젖는 건 마찬가진데.

촉촉한 심장을 품고 당신에게 가고 있어요.
만나러 가는 길에도 사랑비는 내리고
가슴에는 설렘과 떨림의 꽃들이 피어나네요.
어느새 행복한 바람이 불어와요.
내 맘에 꽃잎과 비가 같이 내리는 날,
당신도 알게 되겠지요.
당신으로 인해 마르지 않을 내 사랑을.

그때는 울어도

어렸을 때는
울고 나면 개운했다.

우는 이유는 그때뿐.
울음이 멈추면
다 끝나기에.

지금은
아무리 울어도
개운하지 않아.

내일도 모레도
같은 이유로
울 걸 알기에.

리듬과 멜로디에 맞춰

민낯이 더 아름다운,
꾸미지 않아서 더 투명하고,
가리고픈 잡티마저 사랑스럽고,
어린 아이처럼 해맑게 웃는
꽃보다 더 어여쁜 사람이 있습니다.

혜성처럼 나타나서
내 가슴과 머리를 두드리고,
유성처럼 쏟아지며
내 마음과 생각을 파고들었던
별보다 더 빛나는 사람이 있습니다.

민들레와 벚꽃을 닮아
봄의 문 앞에 서서,
겨울 나뭇가지 위에 내려앉은
하얀 눈꽃들을 꽃눈으로 바꿔 주는
봄보다 더 따스한 사람이 있습니다.

그 사람을 위한 노래를 부릅니다.
리듬과 멜로디에 맞춰 가사를 붙입니다.
다 부르고 나면 내 맘에도 봄이 피겠지요?

워워_이런 미친

불광불급不狂不及
미치지 않으면 미치지 못한다.

너 때문에 미치겠는데
너한테 미칠 수 없다니!

정말 미쳐 버리겠네!

하나님은 말이지

하나님은 말이지,
가장 사랑하는 것으로
시험하신다는데.

너 말고
다른 걸 더 사랑할걸 그랬나 봐.

다 네 거야

내가 즐겨 입는 옷들,
가끔 걸고 다니는 액세서리들,
책꽂이에 가득한 책들,
침대 옆 선반 위에 둔 미니오디오,
종종 꺼내서 듣는 CD들,
방 한 켠에 세워둔 기타,
심심할 때 하는 게임들,
출출할 때 먹는 간식들,
내 책상, 침대, 옷장, 서랍,
또 그 위에, 안에 있는 모든 것들,
그리고 내가 쓴 시 전부 다,
이 모든 게 다 네 거야.

나는 너에게 포함되고 속해있는
너의 부분집합이니까.

세 번째 이야기
바다의 춤

단 한 사람만 날 기억해 준다면
누구라도 찾아갈 사람이 있다면
오늘이라는 선물이 그 얼마나 값진 것인가?

크레파스

어릴 때 그림 그릴 때
초록색 크레파스로 나무를 색칠하면
선생님은 꼭 내게
연두색과 청록색을 섞어 칠하라 했다.

나는 내가 좋아하는 크레파스가
지저분해지는 게 싫었는데.
그래서 너 외에 다른 사람은
생각도 안 하는데.

나는 사랑한다

나는 사랑한다.
아침을 깨우는 고요한 알람소리와
침대에 남은 따뜻한 온기.
집을 나설 때 웃으며 인사를 건네시는 경비아저씨와
아파트 주변 계절에 따라 옷을 갈아입는 예쁜 나무들.

나는 사랑한다.
나른한 오후를 달래는 향긋한 과일차와
달콤한 초콜릿과 쿠키.
출근하고 들어서는 텅 빈 교실과 반가운 선생님,
꼬마들 왁자지껄 떠드는 소리와 싱글벙글 해맑은 얼굴들.

나는 사랑한다.
종종 연락해서 만나는 동네 친구들과
남는 시간 만나서 나누는 수다.
가끔씩 연락을 주고받는 중고등학교 친구들과 선후배들,
많이 보고 싶은 선생님들과 더 많이 보고 싶은 학생들.

나는 사랑한다.
일요일마다 행복한 교회 가는 길과
언제 어디서 봐도 사랑스러운 아이들.
경상도 억양 섞인 전도사님 설교와 따끔한 목사님 말씀,
노랫소리, 예배 후 나누는 담소, 그리고 만찬,

나는 사랑한다.
늦은 시간 집으로 가는 길의 밤공기와
매일 다른 얼굴로 인사하는 달.
외로운 밤 나를 채워주는 라디오 DJ와 선곡들,
선반 위에 놓인 여러 번 읽은 책들과 스마트폰 알림.

나는 또 사랑한다.
이 시를 쓰게 한 당신과
이 시를 읽게 될 당신도.
그리고 또 나를….

큰 게 아닌데

정말이지, 그랬으면 좋겠네.

희망하고 소망하는 것이 이뤄지고
꿈꾸고 바라는 것을 얻게 되는….
세상에는 아름다운 것들이 넘쳐나는데
내가 필요한 그 하나
내게 주었으면 좋겠네.

원하고 구하는 것을 찾고
기도하고 기대하는 것을 갖게 되는….
사람들은 사랑하는 것들이 수많은데
내가 그리는 그 하나
내가 가졌으면 좋겠네.

후에 하는 후회後悔

미리미리 사랑할걸 그랬습니다.
이렇게 일찍 끝날 줄 알았더라면
나중으로 미루지 말걸 그랬습니다.

많이많이 사랑할걸 그랬습니다.
주지 못한 마음이 더 아픈 걸 알았더라면
아끼지 말고 모두 줄걸 그랬습니다.

최선을 다해 사랑할걸 그랬습니다.
못했던 기억들이 사무치는 후회가 될 걸
조금이라도 짐작했다면,
항상 처음과 마지막 같은 마음으로
사랑하고 또 사랑할걸 그랬습니다.

회전목마回轉木馬

같은 자리에 마냥 서서
그저 마주하길 기다립니다.
잠깐의 만남에 손을 흔들고
다시 뒷모습을 바라봅니다.

웃으며 인사하는 시간은 너무 짧고
돌아오기까지의 시간은 너무 깁니다.

웃으며 인사하는 시간은 너무 빨리 가고
돌아오기까지의 시간은 너무 더디 옵니다.

상상想像

얼굴도 모르는 너를
밤낮으로 그리워하다,
꿈에는 만난 너는
(차마) 그림으로 그릴 수 없는 아름다움,
(감히) 조각으로 새길 수 없는 사랑스러움,
(어찌) 노래로나마 불러 보는 안타까움.

허나 꿈에서 깨고 나니
그 모습이 기억나지 않네.
그릴 수도 새길 수도 없기에,
꿈속에서 부르던 노래를
시로나마 적어 읊조려 보네.

처량한 날에 처연한 나를 달래며

특별한 날에
축하받지 못함보다
기억되지 못함이 더 애틋하다.

무료한 날에
찾는 이가 없음보다
찾을 이가 없음이 더 구슬프다.

사람들에게 잊히고
누구 하나 부를 이 없는,
살았지만 죽어버린 모습으로
뛰고 있지만 멈춰버린 심장으로
길고 짧은 하루를 열고 닫는다.

단 한 사람만 날 기억해 준다면
누구라도 찾아갈 사람이 있다면
오늘이라는 선물이 그 얼마나 값진 것인가?
사랑하고 사랑받을 한 사람의 부재가
어쩜 이리 아프게도 스며드는가!

로또

나이는 숫자에 불과할 뿐이라고?
그래 맞아. 근데 그 숫자가 중요한 거야.
우리는 그 숫자에 매달려 살고 있다고.

태어난 날이나 죽는 날도 숫자,
공부해서 받는 성적도 숫자,
일해서 받는 급여도 숫자,
사람들과의 서열도 숫자,
연인들의 오래된 정도도 숫자,
사회에서 인정받는 경력도 숫자,
남자들이 민감한 키도 숫자,
여자들이 예민한 몸무게도 숫자,
시간과 공간도 숫자로 표현하고
주소록에는 이름과 숫자를 저장하잖아.

그런데도 숫자에 불과하다 말할 수 있는 건
감히 계산할 수 없는 가치를 추구하는 거야.
그만큼의 사랑을 갈망하는 거야.

남 얘기

그런 말 있잖아, 왜.
갑자기 재채기를 한다거나
느닷없이 귀가 간지러우면
누군가 내 얘기를 하는 거라고.

방금 재채기도 하고
괜히 귀도 간지러운 거 같네.
누가 내 얘기하나 보다.

그게 너였으면 좋으련만.

아야

가슴이 아야!
마음이 아야!
그대 표정 때문에.

심장이 아야!
사랑이 아야!
그대 말투 때문에.

조금만 더 상냥하게 바라보고
살짝만 더 부드럽게 말한다면
그나마 덜 아플 텐데.

혼자만의 사랑으로도 충분히 아픈데
잠시 잠깐만이라도 잘해 주지 않을래?

아야!

네 번째 이야기

해의 그림

빗방울 수만큼 그리운 사람이여.
그대 이름은 빗줄기가 되어
내 눈과 마음을 적십니다.

억수로 내린다

언젠가 비 내리는 날,
수업 중에 학생이 내게 물었지.

— 선생님,
  왜 비 오는 날은 파전을 먹어요?

여러 이유가 있으면서도
어쩌면 아무런 까닭이 없을 것 같지만
그래도 가장 그럴 듯한 답을 해 주었지.

비 내리는 소리와
파전을 부칠 때 나는 소리가 비슷해서
저절로 파전이 먹고 싶은 거라고.

나는 시계를 봐도 너를 생각하고,
나는 휴대전화를 봐도 너를 떠올리고,
나는 무엇을 해도 너를 기억하는구나.

그만 좀 내리면 안 되겠니?
잔인한 이 빗소리….

지금 여기

당신은 나의 낮과 밤.
아침과 점심, 그리고 저녁, 또 새벽.
나의 모든 시간.

당신은 나의 오른쪽과 왼쪽.
동쪽과 서쪽, 그리고 남쪽, 또 북쪽.
나의 모든 공간.

당신은
내가 머무는 모든 시간,
내가 거니는 모든 공간,
나의 모든 우주.

로맨스

소년과 소녀는
어릴 때 놀이터에서 처음 만났다.

첫째 날,
소년은 소녀를 바라보고
소녀는 소년을 외면했다.

둘째 날,
소년은 소녀에게 손을 흔들고
소녀는 소년을 바라봤다.

셋째 날,
소년은 미끄럼틀 위에서 소녀를 부르고
소녀는 소년을 향해 손을 흔들었다.

넷째 날,
소년은 그네를 탄 소녀를 밀어 주고
소녀는 소년의 이름을 불렀다.

다섯째 날,
소년과 소녀는 시소를 타고
마주보며 해맑게 웃었다.

여섯째 날,
소년과 소녀는 소꿉놀이를 하며
서로의 마음을 전했다.

일곱째 날,
소년과 소녀는 어린아이만 할 수 있는
순수하고 무구한 사랑을 했다.

태어나서부터 만나기까지

이제껏 어디에 있었나요?
내가 그토록 찾아 헤맸는데.
세상 어딘가에 나를 닮은 사람이 있을 거라고
막연한 기대를 갖고 살아왔는데.
오늘 하루를 위해 버텨온 내 삶이었네요.

지금껏 어디에 있었나요?
내가 얼마나 보고 싶었는데.
이리 치이고 저리 치이고 지쳐서 울적한 맘에
오늘 하루가 아득하게 느껴졌는데.
지금 순간을 위해 견뎌온 내 하루였네요.

윤나는 머릿결이나
반짝이는 눈동자나
오뚝한 코, 도톰한 입술,
웃을 때 생기는 보조개.
하지만 그것보다 더 빛나는 건
나와 같은 심정으로
나를 기다려 준 그대 마음입니다.

연분홍

눈이 부실 정도로 하얀 당신에게
붉은 내 사랑의 꽃을 던졌습니다.
하얗고 붉은 색이 합하여
분홍 꽃이 될 줄 알았는데,
당신의 순수함이 너무 하얘서
연분홍 꽃으로 남았습니다.

이 세상에 하나밖에 없는 꽃,
오직 내 맘에 뿌리를 내리고
내 미소에 향기를 주는 꽃이여!
예쁜 꽃은 이미 피웠으니
이제 서로 둘이 아닌 하나 되어
아름다운 열매를 맺기 원합니다.

부족한 나를 사랑해 주고
허락해 줘서 고맙습니다.
내 눈에 가장 눈부신 꽃이여,
사랑합니다.

* 이 시를 내 소중한 친구 순열이 부부에게 드립니다.

한두 번 만났는데도

유난히 눈에 띄는 사람입니다.
빈번히 마주치지 않아도
이상하리만큼 내 눈에 들어오는 사람입니다.

유달리 맘에 남는 사람입니다.
현저히 드러나지 않아도
이상하리만큼 뇌리에 새겨지는 사람입니다.

명랑하고 활발한 성격인지,
우아하고 고상한 성격인지,
그것도 모르겠습니다.

숙녀의 기품을 지녔을지,
소녀의 순수를 지녔을지,
그것 또한 알지 못합니다.

광활한 밤을 그 사람 생각으로 지새다가
희디흰 새벽을 맞이합니다.

이러다 사랑에 잠들겠지요.
이윽고 사랑에 물들겠지요.

척척한 밤에

비가 내려요.
잊었다고 생각한 당신이
더 그리워지는 밤입니다.

그냥 전화로 안부를 묻고 싶은데
미처 용기가 나지 않습니다.

잘 지내나요?
빗방울 수만큼 그리운 사람이여.
그대 이름은 빗줄기가 되어
내 눈과 마음을 적십니다.

숨은 그대 찾기

은연중에 그대를 찾습니다.
머리는 안 된다고 하는데
가슴이 허락을 않습니다.

아만다 사이프리드,
키이라 나이틀리,
아야세 하루카,
이렇게 예쁜 여인들도
기억에 머무는 그대 모습보다
벅차지 않습니다.

야밤에 외로움을 달래려
라디오를 켜고, 시를 쓰다가
못내 밖으로 나가 윤동주를 따라
하늘과 바람과 별을 마주합니다.
어디 있습니까? 그대는….
당신들은 알지 않습니까?

기시감과 미시감_데자뷰와 자메뷰

처음 우리가 사랑할 때는
오래전부터 만난 것처럼
편안하고 익숙하게 지냈는데,

지금 우리가 헤어지고 나니
정말 사랑하긴 했었는지
어색하고 낯설게만 느껴지네.

사랑했던 사람도 사랑하지 않았던 것 같고,
사랑하지 않았던 사람도 사랑했던 것 같고,
사랑했었는지, 사랑하지 않았었는지….

고집固執

지성至誠이면 감천感天이라 하였거늘,
사모하는 마음이 이리도 지극한데
어찌 하늘은 무심하게 외면한단 말이옵니까?

윤허해 줄 수 없사옵니까?
일말의 연민이라도 정녕 베풀 수 없사옵니까?

허면 잊으란 말씀이옵니까?
허나 잊을 수 없사옵니다.

다섯 번째 이야기

달의 노래

암만 시 쓰는 게 어렵다 떠들어대도
네 마음 얻는 것보다야 쉽고말고.
너를 잊는 것보다야 쉽고말고.

아이러니와 패러독스

혼자라 외로운 건 당연하지만
함께여도 외로운 이 기분은 뭘까?

가까이 있어도 멀리 있는 거 같고
웃음을 지어도 쓸쓸해지는….

처음에 사랑할 땐
네가 없어도 네가 있는 것 같았는데,
마음이 멀어지고 나니
네가 있어도 네가 없는 것 같네.

무기한無期限

사랑도 유통기한을 안다면
얼마나 좋을까?

언제까지 사랑해야 하고
언제까지 아파해야 하는지 안다면….

마지막을 모르기에
괴로운 시간은
더디게만 흐르네.

리뷰

언제부터였더라,
너를 사랑하게 된 게….

누군가 네 얘기를 하고
괜히 호감이 생겼을 때부터였나?

처음 우리가 대면하고
수줍게 인사를 나눴을 때부터였나?

용기를 내 만나자 말하고
어색하게 둘이 만났을 때부터였나?

혼자일 때마다 생각나서
장난처럼 연락을 주고받을 때부터였나?

너 없으면 못 살겠다고
투정부리며 고백했을 때부터였나?

그것도 아니면
우리가 서로를 알기도 전에
막연한 외로움과 그리움,
그리고 기다림으로
각자의 조각을 찾을 때부터였나?

잊을 수 있을까

이전에 잠들기 전
그대를 꿈속에서 만나기를
바라고 기도했다.

이제는 잠들기 전
그대가 꿈속에서 사라지기를
바라고 기도한다.

그러다 정말 사라지면
그땐 또 다른 걸 바라고 기도하겠지.

어렵게 씌어진 시

거참….
누구는 후세에 남을 주옥같은 시도
쉽게 썼다며 부끄러워하는데,
나는 네 마음 하나 울리지 못할
낙서 같은 글 끼적거리면서 엄살은….

그래도,
암만 시 쓰는 게 어렵다 떠들어대도
네 마음 얻는 것보다야 쉽고말고.
너를 잊는 것보다야 쉽고말고.
아무렴 너를
지우는 것보다야 쉽고말고….

보기도 전에, 만나기도 전에

어찌나 어색했는지.
처음 우리가 마음에 끌려서
사적인 통화를 할 때 흐르던 정적.
내 두근거림이 너무 커서
수화기 저편으로 들릴 것 같은 불안감.
그마저도 어찌나 좋았는지.

얼마나 서먹했는지.
처음 우리가 가슴이 시켜서
누가 먼저랄 것도 없이 말했던 고백.
농담처럼 진담을 전하고
겉으론 웃고 있어도 속에 가득한 긴장감.
그조차도 얼마나 설렜는지.

려왕麗王

어찌 감히 이해할 수 있겠습니까?
당신이 흘린 땀 한 방울의 의미를….
모든 이들의 기대와 염원을 짊어지고
하얗디하얀, 차갑디차가운 작은 세상에 서서
첫 발을 내딛을 때의 심정을….

어찌 감히 상상할 수 있겠습니까?
당신이 흘린 눈물 한 방울의 가치를….
스스로의 부담과 압박을 내던지고
홀로 외로운 싸움을 참고 견디고 이겨내서
이제 끝났다 말할 때의 심경을….

당신은 달렸지만 실은 길을 만들었고,
당신은 뛰었지만 실은 하늘을 날았고,
당신은 돌았지만 실은 꽃을 피웠습니다.

어떤 음악이 흐르고,
어떤 의상을 걸치고,
어떤 연기를 했는지
사실 무슨 의미가 있겠습니까?
당신 그 자체로 인해 더 아름다운 것을.

어떤 색깔의 목걸이를 걸치든
그 또한 무슨 가치가 있겠습니까?
우리는 기꺼이 당신에게
여왕에 걸맞고 어울리는 왕관을 드리겠습니다.

정직하지 못하고 공의롭지 않은 이들이
당신을 깎아내리고 떨어뜨린들
아무런 상관이 없습니다.
우리 모두의 마음속에 당신은
꺼지지 않는 불이요,
시들지 않은 꽃으로 남았습니다.

여왕이여!
이제 편히 쉬소서!
남몰래 뜨거운 눈물 흘리지 말고
당신을 아끼고 사랑하며 살아가소서!

애교살

눈이 크건 작건,
안경을 쓰건 말건,
쌍꺼풀이 있건 없건,
나는 신경 쓰지 않는다 했지.

다만 내가 하나 보는 건
눈 밑에 자리 잡은 애교살.
나도 잘 몰랐는데
그게 난 그렇게도 예쁘더라고.

근데 사실 그게 좋다고 말한 건
네가 애교살이 있어서야.

써도 못해

가수는 노래부터 제대로 하고,
배우는 연기부터 똑바로 하고,
외모와 인기에 힘입어서
남의 밥그릇 뺏는 짓은 말자.

나도 사랑시나 쓰기 전에
사랑부터 잘해야 하는데….

도대체 왜

흔히 말하길,
사랑은
아무리 많은 부로도 살 수 없고
어떤 높은 명예로도 따르게 못하며
무슨 강한 권력으로도 누릴 수 없다는데,

너는 왜
사랑을 받으려
무의미한 시간을 버리고 있는가?

죽을 만큼 사랑한다면서
왜 곧 죽을 자존심은
버리지 못하는가?

도대체 왜,
사랑 앞에
그깟 자존심은
쌈 싸먹어 버리지 못하는가?

마지막 이야기

별들의 이야기

사람은 미련 때문에 미련해지거늘
차마 그 미련 하나 버리지 못해
미치도록 연연하게 만드는구나.

결혼식에서 하는 청혼

태초에 하나님께서 정해 주신 내 반쪽이여!
잘난 것도 없고, 잘해 준 것도 없는 내게
당신은 내 눈에 눈부신 그림이 되었고,
당신은 내 입의 달콤한 노래가 되었고,
당신은 내 삶의 아름다운 이야기가 되었습니다.

원래는 '결혼해 줄래?', '결혼해 줘',
이런 말들을 건네야 하지만
이렇게 말하는 나를 용서해 주길 바라며,
지금 하는 말을 십 년 후에도, 이십 년 후에도,
서로가 하나님의 뜻으로 헤어질 때에도
할 수 있기를 간절히 소망합니다.

나와
결혼해 주어서
고맙습니다.
그리고 사랑합니다.

* 이 시를 친애하는 강일이형 부부에게 드립니다.

국밥을 먹다가

다른 사람의 사랑을 말할 때처럼
자신의 사랑에 대해 객관적일 수 있다면,
아마 깊이 빠져 허우적대기 전에
스스로가 스스로를 건져낼 수 있겠지.

내가 그 사람에게 나쁜 짓을 한 것도 아니고,
내 사랑에 무슨 죄가 있는 것도 아니고,
누군가를 사랑하는 게 누구의 잘못도 아닌데,
왜 내 진심을 왜곡하고 멸시하는지.

이성에 속한 나는 나 스스로에게
감추고 숨기고 들키지 말라 하고,
감정에 속한 나는 나 스스로를
부끄럽고 죄스럽고 불쌍하게만 여기는구나.

사람은 미련 때문에 미련해지거늘
차마 그 미련 하나 버리지 못해
미치도록 연연하게 만드는구나.

당부當付

마주하려면
땅에게 부탁하라.
서로의 발걸음이 닿게 해달라고,
다른 곳에 머물렀어도
같은 곳을 향하게 해달라고.

고백하려면
하늘에게 약속하라.
함께하는 동안 지켜 주겠다고,
비와 눈을 뿌릴 때면
기꺼이 우산을 받들겠다고.

이별하려면
바다에게 사과하라.
같은 이유로 헤어지지 않겠다고,
돌아서는 이의 눈물로
너를 채워서 미안하다고.

청혼하려면
해에게 질문하라.
따스한 온기로 비춰 줄 수 있느냐고,
기꺼이 너의 빛과 살로
아침을 깨워 줄 수 있느냐고.

결혼하려면
달에게 맹세하라.
너 아래 홀로 울게 하지 않겠다고,
다른 것을 좇지 않고
한 사람을 위해 살겠다고.

행복하려면
별들에게 다짐하라.
너희만큼 많은 내 것을 주겠다고,
매일매일 들뜬 맘으로
작은 선물들을 주겠노라고.

영원하려면
신에게 기도하라.
처음부터 마지막까지 지켜달라고,
모든 순간순간들이
영원처럼 느껴지게 해달라고.

신데렐라와 피노키오

열두 시는 아직 멀었는데
무도회는 시작도 안 했는데
신데렐라가 떠나간다.

유리구두도 벗어두지 않고
잔인하게 차가운 뒷모습으로
신데렐라가 사라진다.

나는 그 사람이 아쉽지 않아.
나는 그 사람이 그립지 않아.
피노키오의 코가 길어진다.

나는 그 사람이 아쉽지 않아.
나는 그 사람이 그립지 않아.
피노키오의 코가 또 길어진다.

얼마나 시간이 지나야
똑같은 말을 되뇌어도
그 코가 길어지지 않을까.

(이 제목의 시는
슬프지 않길 바랐는데….
그저 아름답길 바랐는데….)

을乙과 갑甲

나(이하 "을"이라 함)는
너(이하 "갑"이라 함)를
사랑함에 있어
다음과 같은 계약을 체결한다.

제1조
을은 갑을 사랑하고, 갑은 이를 인정한다.

제2조
을은 갑에게 주는 만큼 받는 것을 요구하지 않는다.

제3조
을은 갑을 기다리거나 그리워할 수 있지만,
갑은 을을 만나 줄 의무는 없다.

제4조
을은 갑 외에 타인과 계약할 수 없지만,
갑은 타인과의 계약에 아무런 제약이 없다.

제5조
을은 갑에게 부담을 주어선 안 되지만,
갑은 을에게 상처를 줄 수도 있다.

제6조
본 계약의 기한은 무기한으로 하되,
을이 갑을 잊는다면 자동적으로 해지된다.

젠장….
난 언제쯤 갑 한번 돼 보려나.

기이奇異

참 신기하기도 하지.
내가 급해서 찾을 땐
그렇게도 안 보이더니,
필요 없을 땐
보란 듯이 굴러다닌다니까.

참 이상하기도 하지.
내가 아쉬워서 부를 땐
그렇게도 대답 없더니,
귀찮을 땐
기다렸단 듯이 연락한다니까.

널 기다리거나
그리워하지 말아 볼까?

다른 어디를 가도

예쁜 곳에 가서 살자.
너와 함께한다면
얼음으로 뒤덮인 왕국도 녹아내릴 것 같고,
사막으로 둘러싸인 나라도 꽃을 피울 것 같아.
너랑 함께 거니는 모든 길이 구름이 될 거야.

원래라는 말은 원래 없듯이
시작부터 아름다운 낙원이 있던 게 아니고,
애초부터 멋진 천국이 준비된 게 아니라,
너와 같이 머무는 모든 곳이
우리에게만 허락되는 이상향이 되는 걸 거야.

이 세상은 그렇게
너로 인해 눈부시도록 변하는 거야.

립서비스

잘 헤어졌다,
더 좋은 사람 만날 거란
그런 말들은 말아요.

시간이 약이다,
곧 괜찮아질 거라는
뻔한 위로들도 접어요.

나를 전부 다,
그 사람을 조금이라도
알지 못한다면,

찰나의 시간이라도
멈추거나 되돌리거나
앞당길 수 없다면,

이렇게나 슬프고 아픈 이별을
어쭙잖은 좋은 말로 속이지 말아요.

니가 가끔이라도

니가 잘 지냈으면 좋겠다.
아프지 않았으면 좋겠다.
많이 행복했으면 좋겠다.

무엇보다,
가끔 나를 떠올리면 좋겠다.

다들 꿈꾸는 꿈

유치하고 뻔한 이야기가 좋아.
어릴 때 즐겨 읽던
그림형제와 안데르센의 동화,
지금도 즐겨 보는
디즈니와 마블의 영화.

처음엔 주인공들도 어렵고 두렵고,
그래도 용기와 지혜를 무기 삼아
포기하지 않고 나아가다 보면,
반드시 사랑과 승리를 거머쥐니까.

유치하고 뻔한 이야기라 해도
모두가 해피엔딩을 원하니까.
적어도 자기 인생과 인연은
유치하고 뻔한
해피엔딩을 꿈꾸며 살아가니까.

세 번째 묻는 안부

봄이에요! 아직 쌀쌀한 날씨지만…. 3월이 되고 경칩이 지났는데 어젯밤 사이에 새하얀 눈들이 깔렸어요. 겨울이라 말하기도 봄이라고 부르기도 애매한 지금이 꼭 나와 같네요. 겨울인지 봄인지 헷갈리는 이 계절에 잘 지내고 있나요?

요새는 정말 정신없이 바쁜 나날의 연속이에요. 학교에 출석해서 수업을 받고 다시 학원에 출근해서 수업을 하고, 끝나고 이것 저것 하다가 집에 와서 이런저런 일들을 하다보면, 어느새 하루를 넘기고 남들이 깊은 잠에 빠진 시간에 라디오를 듣다가 나도 모르게 잠에 빠져 버리죠. 간혹 남는 시간이나 주말에는 보고 싶은 사람들을 만나거나 쉬기도 하지만, 늘 해야 할 일들을 머리에 담아두고 있어요. 물론 일요일은 또 교회를 가고요. 예배를 두세 번씩 드리고 나면 벌써 월요일이 오는구나 하고 아쉬워하면서 내일을 준비하다가 잠이 들어 버려요.

그래도 다시 생각하면 지금 참 행복한 삶을 사는 것 같아요. 하고 싶은 공부를 하고, 좋아하는 일을 하고, 내가 사랑하고 나를 사랑하는 사람들과 더불어 지내고 있으니. 보고 싶은 영화가 있으면 보러 갈 수 있고, 먹고 싶은 음식이 있으면 먹으러 가면 되고, 만나고 싶은 사람들은 만나면 되는데, 유독 당신만은 잠깐의 만남도 쉽지가 않네요. 그래도 이렇게 기억에 잠겨 추억에 물들어 당신을 떠올리면서 편지를 쓰고 있으니 나름 행복하다고 말해도 되는 거겠지요. 당신도 종종, 혹은 가끔이라도 나를 떠올릴 거라 생각하니까요.

요즘엔 어떻게 지내고 있나요? 머리는 어떤 모양일지, 화장은 어떻게 했을지, 옷은 무슨 옷들을 즐겨 입는지. 사실 그보단 어떤 사람들을 만나고, 어떤 때에 어떤 곳을 즐겨 가고, 얼마나 더 예뻐졌을지. 누가 알려 준다면 우연을 가장한 발걸음으로 찾아가서 세상에서 가장 반가운 표정으로 안부를 물을 텐데 말이죠.

한 번을 봐도 지겨워서 다시는 보고 싶지 않은 영화가 있는가 하면, 몇 번을 봐도 질리지 않고 볼 때마다 새로운 것들을 깨닫고 느끼는 영화도 있죠. 꼭 영화만이 아니라 책도, 음악도, 여행도, 그리고 사람도…. 좋은 영화를 보거나, 좋은 책을 읽거나, 좋은 음악을 듣거나, 또 좋은 곳으로 여행을 갔을 때 생각나는 사람이 있다면 그 사람은 정말 좋은 사람이겠죠? 그러다가 펜을 들어 시를 쓰고, 고치고, 모으고…. 이렇게 살다 보니 어느덧 세 번째 책이 나왔네요. 처음 책을 썼을 때는 다시는 사랑에 관한 시들을 쓸 수 없을 거라 생각했는데, 돌아보니 괜한 생각이었네요. 이렇게 질리지 않게 좋은 영감들을 선물해 주는 좋은 사람들이 많은데 말이죠. 이것만으로 난 충분히 행복한 사람이네요. 당신도 내게 절대 질리지 않는 영화보다 더 좋은 사람입니다.

해가 바뀐 지 얼마 지난 것 같지도 않은데 1사분기의 마지막이에요. 꽤 부지런하게 살고 있다고 생각했는데 돌아보면 왜 이리게으르고 많은 일들을 미루고 살았는지 모르겠어요. 아직도 끝난 일들보다 시작해야 할 일들이 많이 남았는데, 언제쯤이면 여유롭게 가고 싶은 곳에 가고, 먹고 싶은 것을 먹고, 하고 싶은 것을 하고, 보고 싶은 사람들을 만날 수 있을까요? 얼른 당신과 마주하고 옛 추억들을 곱씹으며 이야기할 날이 왔으면 좋겠어요. 만날 수 있을 거라 믿고 바라면 그럴 수 있겠지요? 언제가 될지 모르지만, 그때까지 그 예쁜 얼굴에 행복한 미소만을 더하길 바라요. 부디 아프거나 다치지 말고 잘 지내요, 내 모든 계절에 머무르는 사람아.

2014년 봄, 밤늦은 시간에 라디오를 들으며
아쉬워하는 사람이….

마음을 그리는 **편지**

to.

□ □ □ - □ □ □

from.

□ □ □ - □ □ □

ps.